DER HOBBIT

BAND 2

J. R. R. Tolkien

Adaption
Charles Dixon

Zeichnungen
David Wenzel

ALPHA-COMIC VERLAG

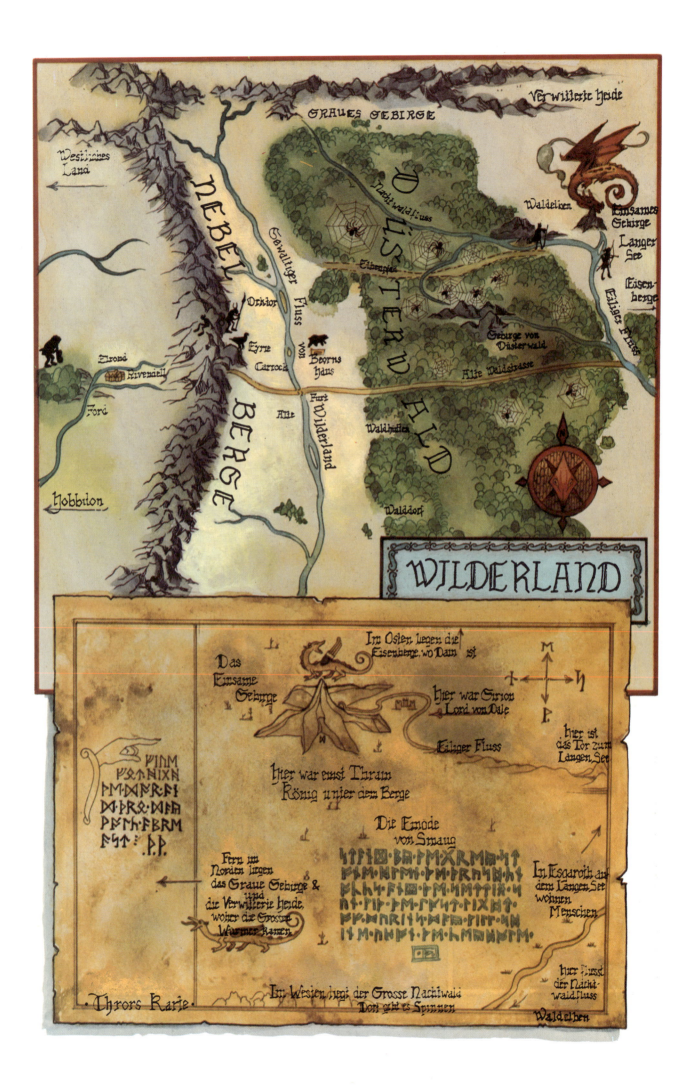

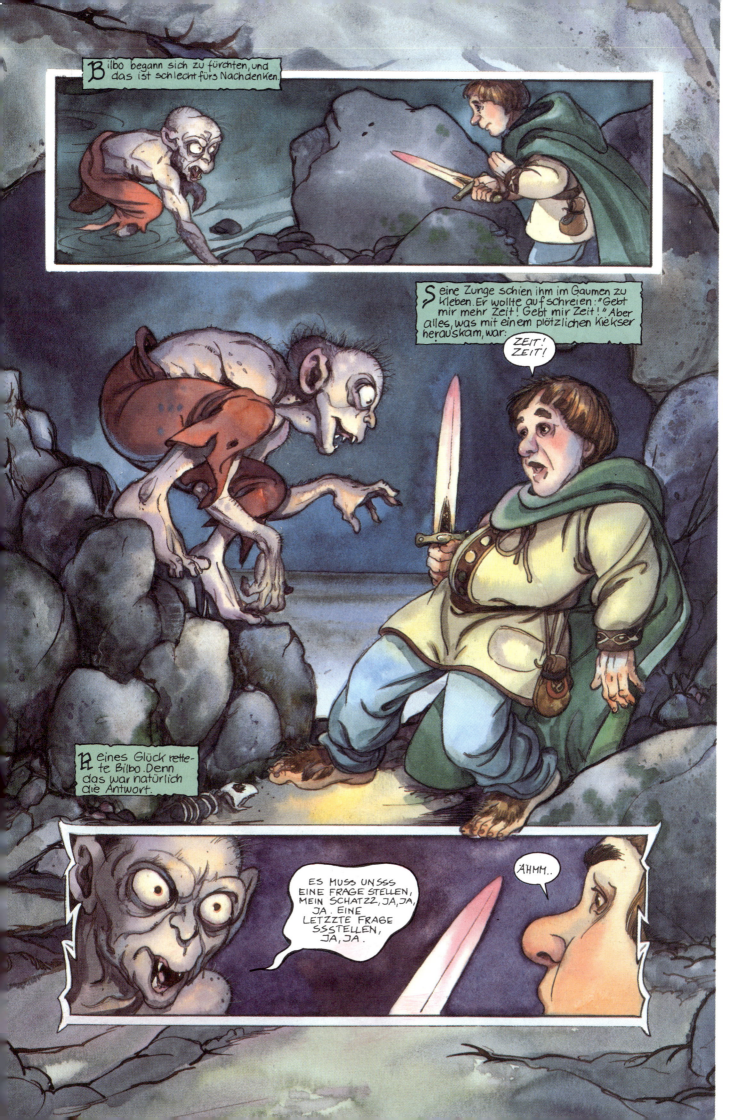

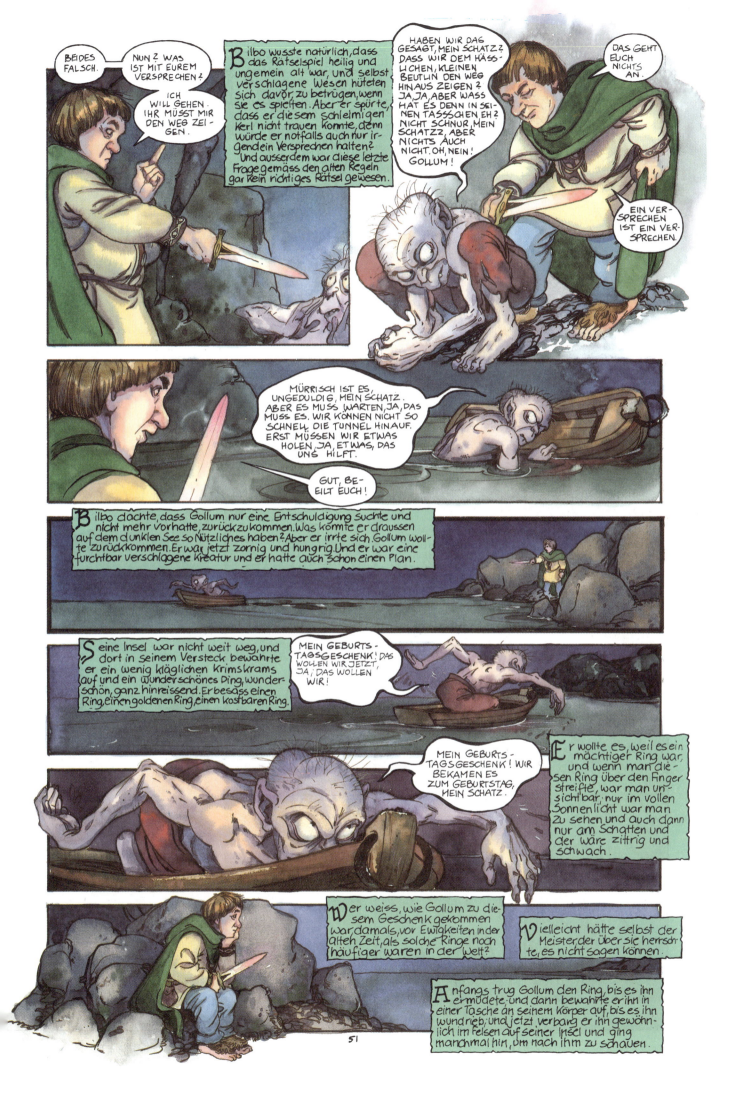

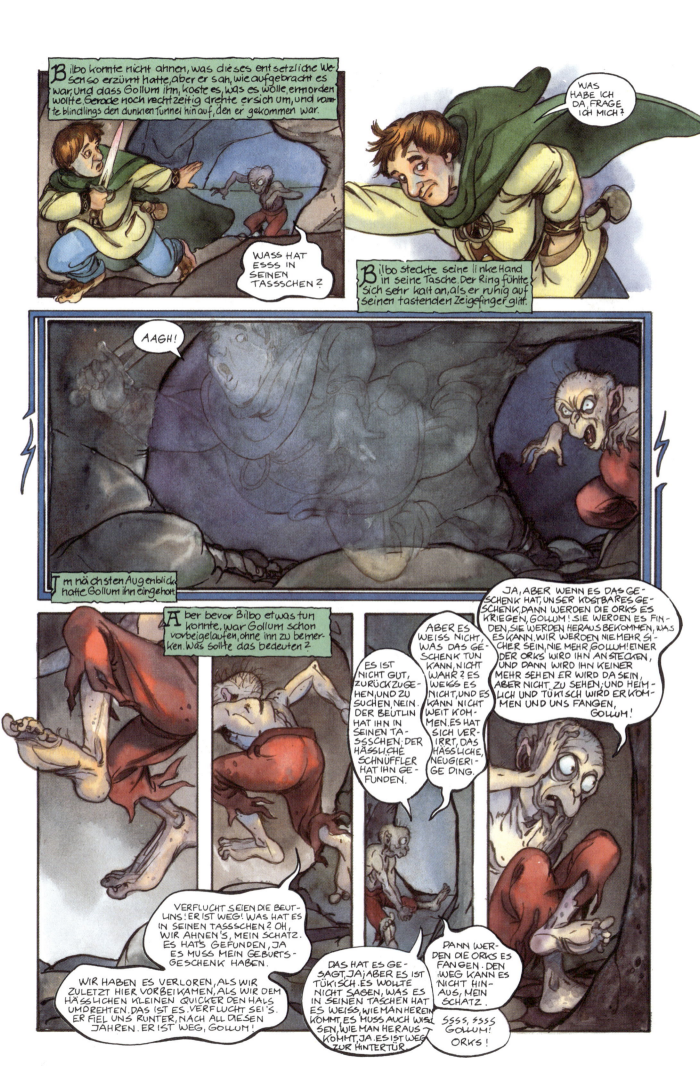

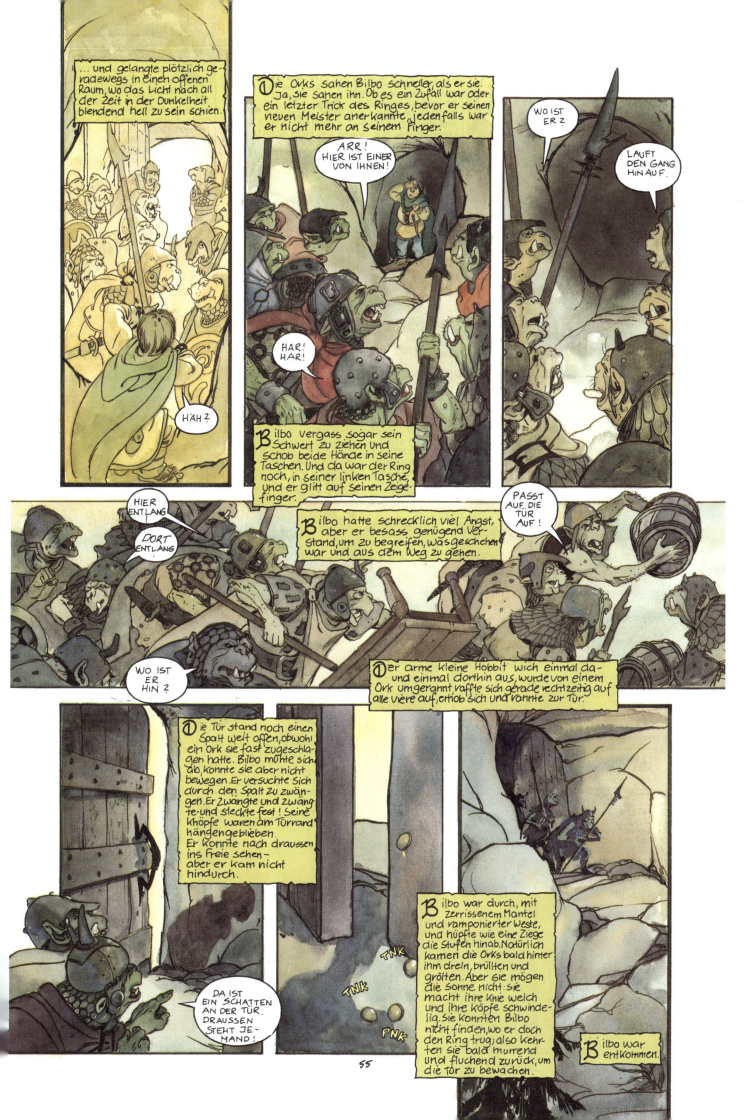

Es war ein Abendessen, eine Mahlzeit, wie sie sie seit ihrem Besuch im Haus an der Einödgrenze im Westen und ihrem Abschied von Elrond nicht mehr erlebt hatten.

Während sie assen, erzählte Beorn die ganze Zeit Geschichten über die wilden Gegenden auf dieser Seite des Gebirges und besonders über den schrecklichen Düsterwald.

Als die Mahlzeit vorbei war, begannen die Zwerge ihre eigenen Geschichten zu erzählen, von Gold und Silber und Schmiedekunst, aber Beorn schenkte ihnen wenig Beachtung - so etwas schien ihn nicht zu kümmern.

"ES IST ZEIT FÜR UNS, SCHLAFEN ZU GEHEN; AUSSER FÜR BEORN, NEHME ICH AN. IN DIESER HALLE SIND WIR SICHER UND GUT AUFGEHOBEN. ABER ICH WARNE EUCH ALLE, VERGESST NICHT, WAS BEORN UNS SAGTE, BEVOR ER GING: 'IHR DÜRFT NICHT HINAUSGEHEN, BEVOR DIE SONNE AUFGEHT, BEI LEIB UND LEBEN NICHT.'"

Bilbo erwachte in der Nacht, hörte draussen ein Grollen und fragte sich, ob es Beorn in seiner Zaubergestalt wäre und ob er als Bär hereinkommen und sie töten würde. Er tauchte unter die Decken, verbarg seinen Kopf und fiel schliesslich trotz seiner Ängste wieder in Schlaf.

Es war heller Morgen, als er erwachte und feststellte, dass es keine Spur von Beorn oder Gandalf gab. Erst kurz nach Sonnenuntergang betrat der Zauberer wieder die Halle.

Draussen kam die finstere Nacht. Bald sank Bilbo vor Schläfrigkeit der Kopf vornüber.

"WO IST UNSER GASTGEBER UND WO SEID IHR SELBST DEN GANZEN TAG GEWESEN?"

"ICH WERDE DIE ZWEITE FRAGE ZUERST BEANTWORTEN - ABER POTZBLITZ! DIES IST EIN HERRLICHER PLATZ FÜR RAUCHRINGE!"

Und in der Tat konnten sie lange Zeit nicht mehr aus ihm herausbringen.

"ICH HABE BÄRENFÄHRTEN AUFGESPÜRT. ES MUSS HIER DRAUSSEN HEUTE NACHT EINE RICHTIGE BÄRENVERSAMMLUNG STATTGEFUNDEN HABEN. ICH MERKTE BALD, DASS DIE FÄHRTEN NICHT VON BEORN ALLEIN HERRÜHREN KONNTEN. ES WAREN VIEL ZU VIELE UND AUCH VERSCHIEDEN GROSS. SIE KAMEN FAST AUS ALLEN RICHTUNGEN, NUR NICHT AUS DEN BERGEN. IN DIESE RICHTUNG FÜHRTE NUR EINE FÄHRTE."

"ICH FOLGTE IHR, SO WEIT ES GING. SIE VERLIEF SCHNURSTRACKS AUF DIE FICHTENWÄLDER ZU, WO WIR VORLETZTE NACHT MIT DEN WARGEN UNSER HÜBSCHES, KLEINES TECHTELMECHTEL HATTEN."

"UND DAMIT DÜRFTE, WIE ICH GLAUBE, EURE ERSTE FRAGE AUCH BEANTWORTET SEIN."

Schnell warfen sie ihm eine Leine mit Haken zu und zogen ihn ans Ufer. Natürlich war er vom Kopf bis zu den Stiefeln durchnässt, aber das war nicht das Schlimmste.

Als sie ihn hinlegten, war er schon fest eingeschlafen, und er blieb in tiefem Schlaf, was auch immer sie mit ihm anstellten.

TA-RUMM TA-RUMM

Dann wurden sie sich eines fernen Hörnerblasens im Wald bewusst und des Lärms von Hunden, die in der Ferne kläfften.

Plötzlich tauchte vor ihnen auf dem Pfad ein weisser Hirsch auf, doch noch ehe Thorin etwas rufen konnte, hatten die Zwerge schon ihre letzten Pfeile von den Bögen schnellen lassen. Keiner schien sein Ziel zu treffen, und jetzt waren die Bögen, die Beorn ihnen gegeben hatte, nutzlos.

Sie waren eine trübsinnige Gemeinschaft in dieser Nacht, und an den folgenden Tagen wurde ihre Stimmung noch schlechter. Hätten sie jedoch mehr gewusst und die Bedeutung der Jagd und des weissen Hirsches richtig eingeschätzt, wäre ihnen klar gewesen, dass sie sich endlich dem Ostrand des Waldes näherten.

Aber sie wussten es nicht, und Bomburs schwerer Körper war ihnen eine zusätzliche Last, und in wenigen Tagen würde der Zeitpunkt kommen, an dem sie praktisch nichts mehr zu essen und zu trinken hatten. Im Wald schien ebenfalls nichts Geniessbares zu wachsen, nur Pilze und Kräuter mit fahlen Blättern und von unangenehmem Geruch.

Zuweilen hörten sie beunruhigendes Gelächter. Manchmal hörten sie auch ein Singen in der Ferne. Das Gelächter war das Lachen heller Stimmen, kein Orkgelächter, und das Singen war hinreissend, klang jedoch unheimlich und fremdartig, und es war ihnen kein Trost. Vielmehr beeilten sie sich, so rasch ihre schwachen Kräfte erlaubten, die Gegend zu verlassen.

Zwei Nächte darauf assen sie ihre allerletzten Fetzchen und Stückchen Nahrung; und am nächsten Morgen stellten sie beim Erwachen fest, dass sie immer noch einen nagenden Hunger hatten.

Das einzige bisschen Erleichterung bereitete ihnen wider Erwarten ausgerechnet Bombur.

HÄH?

Bombur konnte nicht herausfinden, wo er überhaupt war; denn er hatte alles vergessen, was seit dem Augenblick geschehen war, als sie ihre Reise an jenem fernen Maimorgen vor langer Zeit antraten. Kaum hörte er, dass nichts mehr zu essen gab, weinte er.

WARUM BIN ICH NUR AUFGEWACHT! ICH HATTE SO SCHÖNE TRÄUME. DA WAR EIN WALDKÖNIG MIT EINER BLATTKRONE, ES WURDE FRÖHLICH GESUNGEN, UND ICH KÖNNTE DIE HERRLICHEN SPEISEN UND GETRÄNKE WEDER ZÄHLEN NOCH BESCHREIBEN.

VERSUCH ES ERST GAR NICHT. WIRKLICH, WENN IHR VON NICHTS ANDEREM REDEN KÖNNT, DANN SEID BESSER STILL.

WIR HATTEN SO SCHON GENUG SCHEREREIEN MIT EUCH.

"WO IST THORIN?"

Es war ein fürchterlicher Schock. Natürlich, da lagen nur dreizehn, zwölf Zwerge und ein Hobbit. Wo aber war Thorin? Sie fragten sich, welches böse Verhängnis ihm widerfahren sein mochte, Zauberei oder finstere Ungeheuer; und schauderten, wie sie so verloren im Wald hockten; und dort müssen wir sie für den Augenblick auch lassen, zu krank und zu müde, um Wachen aufzustellen, oder wenigstens die Augen offenzuhalten.

Thorin war viel früher gefangen worden als sie. Ihr erinnert euch doch noch, dass Bilbo wie ein Stein in Schlaf gefallen war, als er in den Lichtschein der Elbenfeuer und -fackeln getreten war? Beim nächsten Mal war es Thorin gewesen, der vortrat, und als die Lichter erloschen, fiel auch er schlagartig in diesen Bann. Der ganze Kampfeslärm war ungestört an ihm vorübergegangen. Dann waren die Waldelben zu ihm gekommen und hatten ihn gefesselt davongetragen.

Die Feiernden waren natürlich Waldelben gewesen. Sie sind kein bösartiges Volk. Wenn sie einen Fehler haben, so ist es ihr Misstrauen gegenüber Fremden. Obwohl ihr Zauber stark war, blieben sie selbst in jenen Tagen lieber vorsichtig.

Sie unterschieden sich von den Hochelben des Westens, waren gefährlicher und weniger weise. Die meisten von ihnen stammten nämlich (ebenso wie ihre verstreut in den Bergen lebenden Verwandten) von den alten Stämmen ab, die nie bis nach Faerie in den Westen gezogen waren.

Die Untertanen des Königs lebten und jagten zumeist in den offenen Wäldern und hatten Häuser oder Hütten auf dem Boden oder in den Ästen. Ihre Lieblingsbäume waren Buchen. Die Höhle des Königs diente diesem als Palast und Schatzkammer und dem Volk in Kriegszeiten als Festung.

Ausserdem war sie auch das Verlies für die Gefangenen. Also schleppten sie Thorin zur Höhle - nicht besonders sanft, denn sie mochten keine Zwerge und hielten ihn für einen Feind. In alten Tagen hatten sie gegen einige Zwergengeschlechter, die sie beschuldigten, ihren Schatz gestohlen zu haben, Krieg geführt.

Es ist nur gerecht, zu erwähnen, dass die Zwerge eine andere Geschichte verbreiteten, und ausserdem hatte Thorins Familie nichts mit dem alten Streit zu tun.

Infolgedessen war Thorin wütend darüber, wie sie ihn behandelten, als sie ihren Bann von ihm nahmen und er zu Besinnung kam; und er war fest entschlossen, dass man kein Wort über Gold oder Geschmeide aus ihm herausholen sollte.

Am Tag nach der Schlacht gegen die Spinnen unternahmen Bilbo und die Zwerge eine letzte verzweifelte Anstrengung, einen Weg zu finden, bevor sie an Hunger und Durst starben. Sie rafften sich auf und taumelten in der Richtung weiter, die acht von den dreizehn für jene hielten, in der der Pfad lag; aber sie fanden nie heraus, ob sie Recht hatten.

An einen Kampf war nicht zu denken. Selbst wenn die Zwerge nicht in einem solchen Zustand gewesen wären, dass sie eigentlich froh waren, gefangengenommen zu werden, hätten ihre kleinen Messer, die einzigen Waffen, die sie besassen, doch nichts gegen die Elben ausrichten können, die mit ihren Pfeilen das Auge eines Vogels im Dunkeln treffen konnten.

Bilbo steckte seinen Ring an und schlug sich rasch seitwärts in die Büsche. Darum fanden die Elben den Hobbit auch nicht und zählten ihn nicht mit.

Jedem Zwerg wurden die Augen verbunden, aber das machte keinen grossen Unterschied, denn selbst Bilbo, der seine Augen gebrauchen konnte, war nicht imstande zu sehen, wohin sie gingen, und weder er noch die anderen wussten, von wo sie überhaupt aufgebrochen waren.

Die Elben trieben die Gefangenen über die Brücke, die zur Pforte des Königspalastes führte, aber Bilbo blieb zögernd zurück. Gerade noch rechtzeitig fasste er den Entschluss, seine Freunde nicht im Stich zu lassen, und wieselte hinter den letzten Elben her, kurz bevor die grossen Tore des Königspalastes sich schallend hinter ihnen schlossen.

"LÖST IHRE FESSELN. HIER DRIN BRAUCHEN SIE KEINE. FÜR JENE, DIE EINMAL HERGEBRACHT WURDEN, GIBT ES KEIN ENTKOMMEN DURCH MEINE VERWUNSCHENEN TORE."

"WAS HABEN WIR GETAN, O KÖNIG? IST ES EIN VERBRECHEN, SICH IM WALD ZU VERIRREN, HUNGRIG UND DURSTIG ZU SEIN, VON SPINNEN GEFANGEN ZU WERDEN? SIND DIE SPINNEN EURE HAUSTIERE ODER SCHOSSHÜNDCHEN, DASS IHR WÜTEND WERDET, WENN MAN SIE TÖTET?"

"ES IST EIN VERBRECHEN, OHNE ERLAUBNIS IN MEINEM REICH UMHERZUWANDERN UND NICHT DEN WEG ZU BENUTZEN, DEN MEIN VOLK GESCHLAGEN HAT. HABT IHR MEIN VOLK IM WALD NICHT VERFOLGT UND BELÄSTIGT UND MIT EUREM GESCHREI UND GETOBE DIE SPINNEN AUFGEBRACHT?"

"NACH ALL DEM AUFRUHR, DEN IHR VERURSACHT HABT, HABE ICH EIN RECHT ZU ERFAHREN, WAS EUCH HERFÜHRT, UND WENN IHR ES MIR JETZT NICHT SAGT, WERFE ICH EUCH ALLE INS VERLIES, IN GETRENNTE ZELLEN, BIS IHR SITTE UND ANSTAND GELERNT HABT!"

Armer Herr Beutlin - es war eine lange mühselige Zeit, die er hier ganz allein verbrachte, immer im Verborgenen. Nie wagte er den Ring abzunehmen, kaum, dass er ein wenig schlief, und selbst dann nur in den finstersten und abgelegensten Winkeln, die er finden konnte. Um sich zu beschäftigen, begann er, durch den Palast des Elbenkönigs zu wandern.

"ICH BIN WIE EIN EINBRECHER, DER NICHT MEHR HINAUS KANN, SONDERN ELEND WEITER EINBRECHEN MUSS, IMMER IM SELBEN HAUS, TAG FÜR TAG.

DAS IST DER DÜMMSTE UND ÖDESTE TEIL DIESES VERRÜCKTEN, ERMÜDENDEN UND UNERFREULICHEN ABENTEUERS! ICH WÜNSCHTE, ICH WÄRE DAHEIM IN MEINER HOBBITHÖHLE UNTER DER BRENNENDEN LAMPE VORM WARMEN KAMIN."

Oft wünschte er auch, dass er dem Zauberer eine Botschaft schicken könnte, aber das war natürlich ganz unmöglich; und bald wurde ihm klar, dass, wenn überhaupt etwas getan werden konnte, es ganz allein und ohne fremde Hilfe von Herrn Beutlin getan werden musste.

Schliesslich, nach ein oder zwei Wochen dieser Art des heimlichen Lebens, gelang es ihm, indem er die Wachen beobachtete und verfolgte, herauszufinden, wo jeder Zwerg untergebracht war. Welche Überraschung war es für ihn, als er eines Tages erfuhr, dass da hoch ein anderer Zwerg im Verlies sassen einem besonders dunklen Platz.

Er vermutete natürlich sofort, dass dies Thorin war; und nach einer Weile stellte sich heraus, dass seine Vermutung stimmte.

Thorin führte ein langes, geflüstertes Gespräch mit dem Hobbit, und so geschah es, dass Bilbo insgeheim Thorins Botschaft an alle anderen gefangenen Zwerge weiterleiten konnte und ihnen erzählte, dass ihr Anführer nahebei ebenfalls im Verlies sass und das keiner Auftrag und Zweck ihrer Unternehmung an den König verraten dürfe, jedenfalls noch nicht, nicht, ehe Thorin Weisung dazu gab.

Thorin hatte nämlich wieder Mut gefasst, als er hörte, wie der Hobbit seine Gefährten vor den Spinnen gerettet hatte, und war entschlossen, sich nicht beim Elbenkönig loszukaufen, indem er ihm einen Anteil am Schatz versprach, ehe nicht die Hoffnung auf jede andere Art der Flucht zunichte war.

Und das hiess: Ehe der bemerkenswerte Herr Unsichtbar Beutlin (von dem er allmählich eine sehr hohe Meinung bekam) ein für allemal aufgegeben hatte, weil ihm absolut nichts Gescheites mehr einfiel.

Die anderen Zwerge stimmten zu, als sie diese Botschaft erhielten.

Bilbo jedoch war nicht so hoffnungsfroh wie sie. Er setzte sich und dachte und dachte, bis ihm beinahe der Kopf platzte, aber es kam ihm kein erleuchtender Gedanke. Ein Unsichtbarkeitsring war schon eine feine Sache, nur machte er für vierzehn Personen nicht viel her.

Und doch konnte Bilbo, wie ihr natürlich schon erraten habt, seine Freunde am Ende retten, und das geschah folgendermassen.

Eines Tages machte Bilbo, als er wieder einmal neugierig herumstreifte, eine hochinteressante Entdeckung: Die grossen Tore waren *nicht* der einzige Zugang zu den Höhlen.

Ein Fluss strömte unter einem Teil der tiefsten Bereiche des Palastes dahin und vereinigte sich etwas weiter im Osten mit dem Düsterwaldfluss. Wo der unterirdische Wasserlauf aus der Flanke des Berges hervortrat, gab es einen Felsbogen, und von ihm aus konnte ein Fallgatter bis zum Flussbett hin untergelassen werden, um zu verhindern, dass jemand auf diesem Weg herein- oder hinausgelangte.

Aber an einer Stelle, wo der Fluss unter den Höhlen entlangführte, war das Felsdach herausgeschnitten und mit grossen Falltüren aus Eiche abgedeckt worden. Diese öffnen sich nach oben in die königlichen Keller, wohin Wein und andere Güter in Fässern von Weither gebracht wurden, von den Verwandten der Elben im Süden oder von den Weinbergen der Menschen in fernen Ländern.

Wenn die Fässer leer waren, warfen die Elben sie durch die Falltüren, öffneten das Fallgitter, und hinaus trieben die Fässer auf dem Fluss, tanzten dahin, bis die Strömung sie weit flussabwärts zu einer Stelle am äussersten Ostsaum des Düsterwaldes trug. Dort wurden sie gesammelt, zusammengebunden und zurück zur Seestadt geflösst, einer Menschenansiedlung, die zum Schutz...

... gegen alle Arten von Feinden und besonders gegen den Drachen vom Berge auf Steinbrücken weit ins Wasser hinaus gebaut war.

Geraume Zeit sass Bilbo da und dachte über dieses Fallgitter nach und fragte sich, ob es seinen Freunden zur Flucht verhelfen könnte, und schliesslich hatte er die verzweifelten Umrisse eines Plans.

"NUN KOMM MIT UND KOSTE DEN NEUEN WEIN, DER GERADE HEREINGEKOMMEN IST. HEUT NACHT HABE ICH VIEL DAMIT ZU TUN, DIE KELLER VON DEN LEEREN FÄSSERN ZU RÄUMEN, ALSO LASS UNS ERST EINEN SCHLUCK NEHMEN, DAMIT DIE ARBEIT BESSER VON DER HAND GEHT."

"SEHR GUT. ICH WILL IHN GERN MIT DIR KOSTEN UND SCHAUEN, OB ER FÜR DIE KÖNIGSTAFEL AUCH WIRKLICH GEEIGNET IST. HEUT NACHT IST EIN FEST, UND DA KANN MAN KEIN SCHLECHTES ZEUG HOCHSCHICKEN."

Bilbo hatte ganz ausserordentliches Glück. Es muss schon ein starker Wein sein, der Waldelben schläfrig macht; aber dieser Wein, so schien es, war eine berauschende Lese aus den grossartigen Gärten von Dorwinion, nicht für Soldaten oder Diener bestimmt, sondern allein für den König selbst, und für kleinere Schüsseln, nicht für die grossen Pokale des Kellermeisters.

ZZHNR ZZHNR ZZHNR

Just in diesem Augenblick bemerkte Bilbo plötzlich den schwachen Punkt in seinem Plan. Höchstwahrscheinlich habt ihr ihn schon vor einiger Zeit entdeckt und Bilbo ausgelacht; aber ich glaube nicht, dass ihr es an seiner Stelle auch nur halb so gut gemacht hättet. Natürlich sass er selbst nicht in einem Fass, denn es war niemand da, der ihn hätte einpacken können, selbst wenn die Gelegenheit dazu da gewesen wäre!

Jetzt wurde das allerletzte Fass zu den Falltüren gerollt! Verzweifelt und weil er nicht wusste, was er sonst tun sollte, klammerte der arme kleine Bilbo sich daran fest und wurde mit ihm über den Rand gestossen.

Spuckend tauchte er wieder auf und presste das runde Holz wie eine Ratte an sich, aber trotz aller Mühen gelang es ihm nicht, hinaufzuklettern. Er befand sich im dunklen Tunnel und trieb ganz allein im eisigen Wasser – denn Freunde, die in Fässern verpackt sind, zählen ja nicht.

POOOSHH

Er hörte das Knirschen des sich hebenden Fallgatters und stellte fest, dass er inmitten hüpfender, tanzender Massen von Fässern war, die sich alle dicht zusammendrängten, um den Torbogen zu passieren und hinaus auf den offenen Strom zu gelangen.

"ICH HOFFE NUR, DASS ICH DEN DECKEL DICHT GENUG EINGESETZT HABE!"

Als sein Fass hübsch eingekeilt war, nahm Bilbo die Gelegenheit wahr, um an seiner Seite hinaufzuklettern. Wie eine halb ertrunkene Ratte krabbelte er höher und breitete sich oben bäuchlings aus, um so gut er konnte das Gleichgewicht zu halten.

Der Wind wehte kalt, war aber immer noch besser als das Wasser, und er hoffte nur, dass er nicht plötzlich herunterrollte, wenn die Reise weiterging.

Glücklicherweise war er sehr leicht, und das Fass war eines von der guten, dicken Sorte, und da es ausserdem leck war, hatte es jetzt Wasser gezogen. Trotzdem war es, als wollte er versuchen, ohne Zaum und Steigbügel ein rundbäuchiges Pony zu reiten, dem ständig der Sinn danach stand, sich im Gras zu wälzen.

Auf diese Weise kam Herr Beutlin schliesslich an eine Stelle, wo der Wald zu beiden Seiten lichter wurde. Der dunkle Fluss öffnete sich plötzlich weit und vereinigte sich mit dem Hauptstrom des Düsterwaldflusses, der rauschend von den Haupttoren des königlichen Palastes herunterkam.

An den Ufern hielten Elben Ausschau. Sie stakten und flössten die Fässer im seichten Wasser zusammen, und nachdem sie sie gezählt hatten, banden sie sie aneinander und liessen sie bis zum Morgen liegen.

**WEITER IN
DER HOBBIT
Band 3**

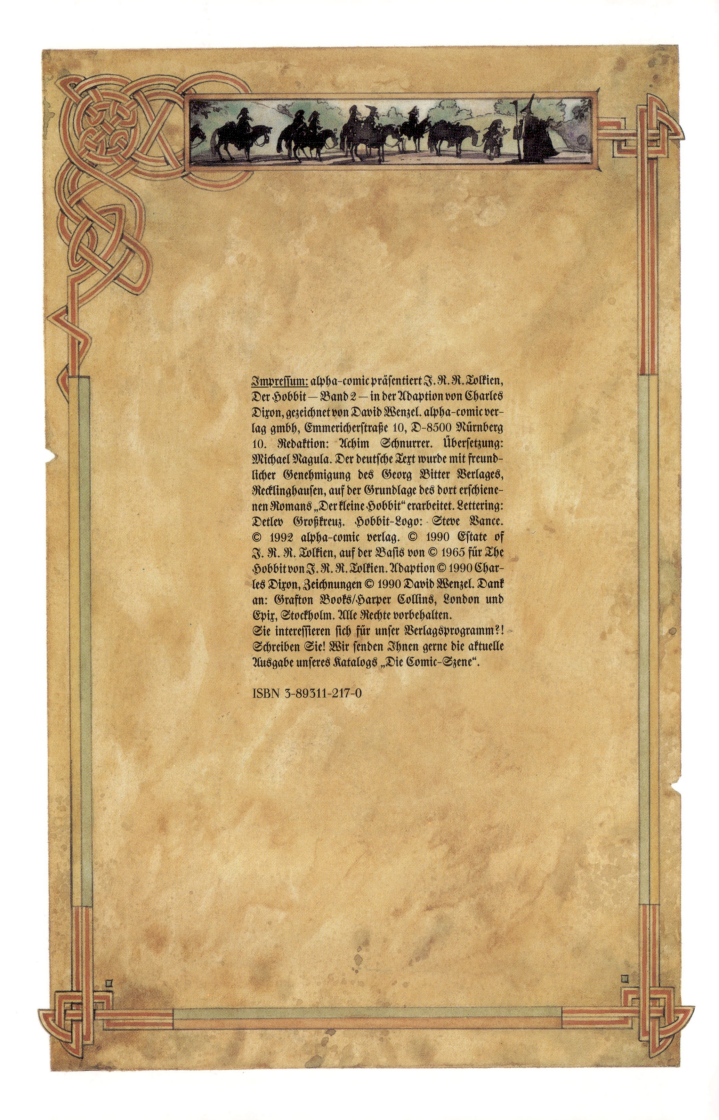

Impressum: alpha-comic präsentiert J. R. R. Tolkien, Der Hobbit – Band 2 – in der Adaption von Charles Dixon, gezeichnet von David Wenzel. alpha-comic verlag gmbh, Emmericherstraße 10, D-8500 Nürnberg 10. Redaktion: Achim Schnurrer. Übersetzung: Michael Nagula. Der deutsche Text wurde mit freundlicher Genehmigung des Georg Bitter Verlages, Recklinghausen, auf der Grundlage des dort erschienenen Romans „Der kleine Hobbit" erarbeitet. Lettering: Detlev Großkreuz. Hobbit-Logo: Steve Vance. © 1992 alpha-comic verlag. © 1990 Estate of J. R. R. Tolkien, auf der Basis von © 1965 für The Hobbit von J. R. R. Tolkien. Adaption © 1990 Charles Dixon, Zeichnungen © 1990 David Wenzel. Dank an: Grafton Books/Harper Collins, London und Epix, Stockholm. Alle Rechte vorbehalten.
Sie interessieren sich für unser Verlagsprogramm?! Schreiben Sie! Wir senden Ihnen gerne die aktuelle Ausgabe unseres Katalogs „Die Comic-Szene".

ISBN 3-89311-217-0

Ein kleiner Hobbit?!
Ich selbst?
Mit Gandalf auf Mittelerde?
Warum eigentlich nicht.

Im Düsterwald warten noch viel mehr Abenteuer, als J.R.R. Tolkien in »Der Kleine Hobbit« oder »Der Herr der Ringe« erzählt hat. Du selbst kannst sie erleben in MERS, dem Mittelerde-Rollenspiel.

Wer wünscht sich nicht, einmal jene legendären Helden - Frodo, Gandalf, Legolas oder Streicher - zu treffen und gemeinsam mit ihnen Abenteuer zu erleben? Die stolzen Elben, die lustigen Hobbits, wackeren Zwerge, grausamen Orks, furchterregenden Ringgeister - die Wesen, die Mittelerde bevölkern, erwachen im Mittelerde-Rollenspiel MERS zum Leben.

MERS ist der ideale Einstieg in die faszinierende Welt der Fantasy-Rolenspiele. Erfahrene Spieler und jene, die noch nie das Abenteuer Rollenspiel erlebt haben, werden gleichermaßen begeistert sein.

MERS
Abenteuer in der berühmtesten aller Welten

Fordere unseren Gratiskatalog an:
LAURIN Verlags- und Vertriebsgesellschaft mbH
Luruper Chausse 125, 2000 Hamburg 50
Tel.: 040 - 89 65 65.

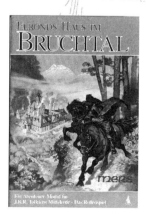